¡Quiquiriquí!
¡Quiquiriquí!
¡Quiquiriquí!
¡Quiquiriquí!
¡Quiquiriquí!
¡Quiquiriquí!
¡Quiquiriquí!
¡Quiquiriquí!
¡Quiquiriquí!
¡Quiquiriquí!
¡Quiquiriquí!
¡Quiquiriquí!
¡Quiquiriquí!
¡Quiquiriquí!
¡Quiquiriquí!

W9-BSD-791

WEEDED

Georgetown School
Indian Prairie School District
Aurora, Illinois

¡Quiquiriquí!

¡Quiquiriquí!

¡Quiquiriquí!

¡Quiquiriquí!

¡Quiquiriquí!

¡Quiquiriquí!

¡Quiquiriquí!

¡Quiquiriquí!

¡Quiquiriquí!

¡Quiquiriquí!

¡Quiquiriquí!

¡Quiquiriquí!

¡El gallo que no se callaba!

The Rooster Who Would Not Be Quiet!

DE / BY CARMEN AGRA DEEDY

ILUSTRADO POR / ILLUSTRATED BY EUGENE YELCHIN

SCHOLASTIC INC.

Originally published in English as *The Rooster Who Would Not Be Quiet!*
Translated by Madelca Domínguez
Text copyright © 2017 by Carmen Agra Deedy · Illustrations copyright © 2017 by Eugene Yelchin
Translation copyright © 2017 by Scholastic Inc.

All rights reserved. Published by Scholastic Press, an imprint of Scholastic Inc.,
Publishers since 1920. SCHOLASTIC, SCHOLASTIC PRESS, SCHOLASTIC EN ESPAÑOL and
associated logos are trademarks and/or registered trademarks of Scholastic Inc.

The publisher does not have any control over and does not assume any
responsibility for author or third-party websites or their content.

No part of this publication may be reproduced, stored in a retrieval system, or transmitted
in any form or by any means, electronic, mechanical, photocopying, recording, or otherwise,
without written permission of the publisher. For information regarding permission,
write to Scholastic Inc., Attention: Permissions Department, 557 Broadway, New York, NY 10012.

This book is a work of fiction. Names, characters, places, and incidents are either the product
of the author's imagination or are used fictitiously, and any resemblance to actual persons,
living or dead, business establishments, events, or locales is entirely coincidental.

ISBN 978-1-338-11414-0

10 9 8 7 6 5 4 3 2 1   17 18 19 20 21

Printed in China 62   First Scholastic Spanish printing 2017

The display was set in Amigo Std Regular.
The text was set in Depdeene H.
Eugene Yelchin's artwork was rendered in
oil pastel, colored pencil, gouache, and acrylic.

Book design by Marijka Kostiw

A Ruby, Sam y Grace.

To Ruby, Sam, and Grace.

Y a todos los gallos de verdad.

And to real roosters everywhere.

—C.D.

A Isaac y Ezra

For Isaac and Ezra

—E.Y.

Había una vez un pueblo

donde las calles

resonaban con canciones

desde el amanecer

hasta el anochecer.

Once there was a village
where the streets
rang with song
from morning
till night.

Los perros ladraban,
las madres canturreaban,
los motores zumbaban,
las fuentes borboteaban
y todo el mundo cantaba en la ducha.

Dogs bayed,
mothers crooned,
engines hummed,
fountains warbled,
and everybody sang in the shower.

Cada persona y cada cosa tenía una canción.

El pueblo de La Paz era un lugar muy ruidoso.

Era difícil escuchar.

Era difícil dormir.

Era difícil pensar.

Y nadie sabía qué hacer.

Así que despidieron al alcalde.

Everyone and everything had a song to sing.

This made the village of La Paz a very noisy place.

It was hard to hear.

It was hard to sleep.

It was hard to think.

And *no one* knew what to do.

So they fired the mayor.

Ahora era un pueblo muy ruidoso…
sin alcalde.

Por lo que hicieron elecciones.

Sólo don Pepe prometió paz y tranquilidad.

Obtuvo una victoria aplastante.

Al día siguiente, una ley muy respetuosa apareció
en la plaza del pueblo:

**NO CANTAR ALTO
EN PÚBLICO, POR FAVOR.**

Las cosas ya estaban mejorando.

Now they were a very noisy village . . .
without a mayor.

So they held an election.

Only Don Pepe promised peace and quiet.

He won by a landslide.

The next day, a very polite law appeared
in the village square:

**NO LOUD SINGING
IN PUBLIC, *POR FAVOR.***

Things were getting better already.

Pero muy pronto, le siguieron otras leyes:

NO CANTAR ALTO EN LA CASA.

NO CANTAR ALTO ~~EN LA CASA~~.

NO CANTAR ~~ALTO EN LA CASA~~.

¡BASTA! ¡CÁLLENSE DE UNA VEZ!

Hasta que…

But more laws soon followed:

NO LOUD SINGING AT HOME.

NO LOUD SINGING ~~AT HOME~~.

NO ~~LOUD~~ SINGING ~~AT HOME~~.

¡BASTA! QUIET, ALREADY!

Until finally . . .

El ruidoso pueblo de La Paz estaba tan silencioso como una tumba.

The noisy village of La Paz was silent as a tomb.

Hasta las teteras
tenían miedo de pitar.

Even the teakettles
were afraid to whistle.

Algunos se marcharon del pueblo… cantando a toda voz.
Otros se quedaron y aprendieron a tararear.
Los demás estaban muy felices de al fin poder dormir en paz.

Some people left the village — singing loudly.
Others stayed behind and learned to hum.
The rest were just grateful to have a good night's sleep,
for crying out loud.

Pasaron siete años silenciosos. Entonces, una tarde, un pícaro gallito y su familia entraron al pueblo y se posaron en una olorosa mata de mango.

Seven very quiet years passed. Then one evening, a saucy *gallito* and his family wandered into the village and roosted in a fragrant mango tree.

Cuando el gallito despertó a la mañana siguiente,
hizo lo que todos los gallos hacen por naturaleza.

Cantó:

¡Quiquiriquí!

When the little rooster awoke
the next morning, he did what roosters
were born to do.

He sang:

Kee-kee-ree-KEE!

¡Pero qué mala suerte tuvo el pobre gallito! Esa mata de mango estaba debajo de la ventana del alcalde cascarrabias.

¡Ay, ay, ay!

As his rotten luck would have it, the mango tree grew beneath the cranky mayor's window.

Uh-oh.

—¡Oye, tú! —se quejó don Pepe—. ¡Aquí no se canta! ¡Es la ley!

—Bueno, esa sí es una ley tonta —dijo el alegre gallito—. ¡Aspira el dulce olor de esta mata de mango! ¿Cómo podría dejar de cantar?

—¡Bah! ¡Entonces cortaré ese árbol apestoso! —resopló don Pepe—. ¿Cantarías entonces?

El intrépido gallito alzó los hombros.

—Cantaría una canción menos alegre. Pero cantaría.

Y así lo hizo.

"You there!" groused Don Pepe. "No singing! It's the law!"

"Well, that's a silly law," said the merry *gallito*. "Smell this sweet mango tree! How can I keep from singing?"

"Humph! Then I'll chop down that stinky tree!" huffed Don Pepe. "Will you sing then?"

The plucky *gallito* shrugged. "I may sing a less cheerful song. But I will sing."

And he did.

¡Quiquiriquí!

Kee-kee-ree-KEE!

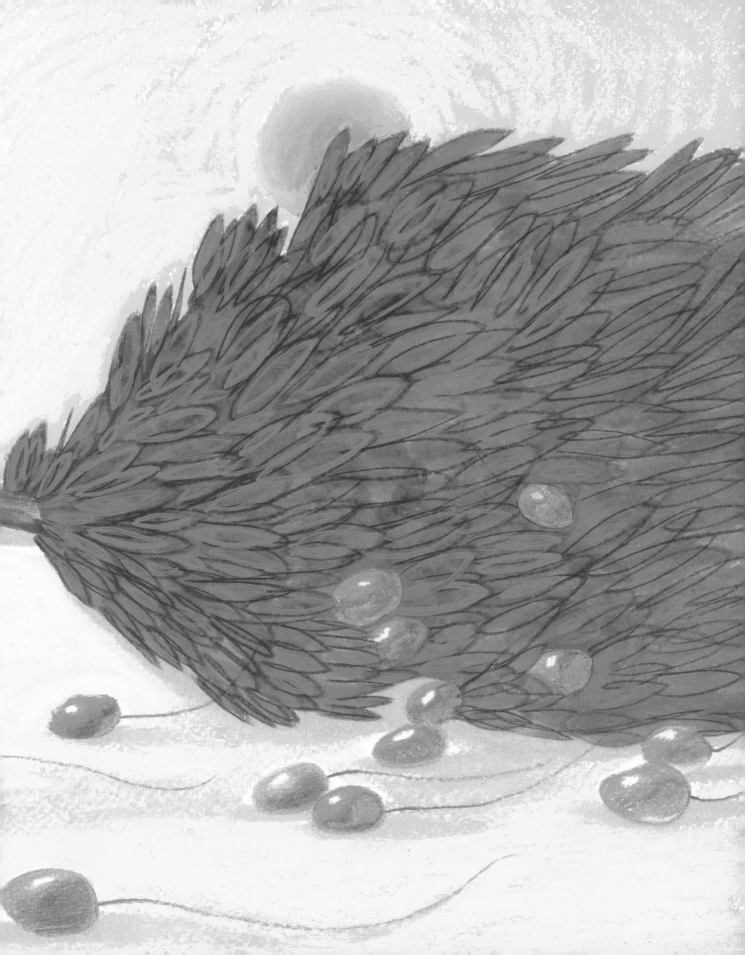

—¿Todavía sigues cantando? —gritó don Pepe—. Ya no tienes árbol. ¿Recuerdas?

—No tengo árbol —dijo el gallito—. Pero tengo a mi gallina y a mis pollitos. ¿Cómo podría dejar de cantar?

—¿Cantarías si te encierro solo en una jaula? —lo amenazó don Pepe.

—Cantaría una canción melancólica —dijo el terco gallito—. Pero cantaría.

Y así lo hizo.

"Still singing?" snapped Don Pepe. "You have no tree. Remember?"

"I have no tree," said the *gallito*. "But I have my hen and chicks. How can I keep from singing?"

"Will you sing if I throw you in a cage — alone?" threatened Don Pepe.

"I may sing a lonelier song," said the stubborn *gallito*. "But I will sing."

And he did.

¡Quiq

uiriquí!

Kee-kee-ree-KEE!

—Y ahora, ¿por qué cantas? —gruñó don Pepe—. No tienes ni gallina ni pollitos.

—No tengo ni gallina ni pollitos —suspiró el gallito—. Pero aún tengo maíz para comer. ¿Cómo podría dejar de cantar?

—¿Y si no tuvieras maíz? —preguntó el alcalde.

—Cantaría una canción hambrienta —dijo el gallito testarudo—. Pero cantaría.

Y así lo hizo.

"Why are you singing now?" growled Don Pepe. "You have no hen and chicks."

"No hen and chicks." The *gallito* sighed. "But I still have corn to eat. How can I keep from singing?"

"And if you have no more corn?" asked the mayor.

"I may sing a hungrier song," said the headstrong *gallito*. "But I will sing."

And he did.

¡¡Quiquiriquí!

Kee-kee-ree-KEE!

—¿No tienes hambre, gallo
chiflado? —gimió don Pepe.
—Claro —dijo el gallito—.
Pero si el sol puede brillar a pesar de los
pesares de este mundo, ¿cómo podría dejar de cantar?
—¿Y si NUNCA más vieras el sol? —rugió el alcalde corriendo a
buscar una manta para cubrir la jaula.
—Cantaría una canción sombría —respondió el valiente gallito—. Pero cantaría.
Y así lo hizo.

"Aren't you hungry, you crazy bird?" wailed Don Pepe.

"*Claro*, of course," said the *gallito*. "But if the sun can still shine despite this
world's troubles — how can I keep from singing?"

"And if you NEVER see the sun again?" snarled the mayor. And he ran for a blanket
to cover the rooster's cage.

"I may sing a darker song," the brave *gallito* called after him. "But. I. Will. Sing."

And he did.

¡Quiquir

¡quí!

Kee-kee-ree-KEE!

A medida que el eco del canto del gallito resonaba por las silenciosas calles de La Paz, despertó en los vecinos el recuerdo de una época en que cada persona y cada cosa tenía una canción.

Pero no en don Pepe.

El canto le provocaba indigestión.

As the *gallito's* song echoed down the soundless streets of La Paz, it stirred an old familiar longing for a time when everyone and everything had a song to sing.

Not so with Don Pepe.

Singing gave him indigestion.

¡Quiquiriquí!

¡Quiquiriquí!

¡Quiquiriquí!

¡Quiquiriquí!

¡Quiquiriquí!

¡Quiquiriquí!

Kee-kee-ree-KEE!

Al día siguiente, don Pepe salió al patio
dando tropezones en su ropón de dormir. Le quitó
la manta a la jaula y comenzó a suplicar:
        —No tienes árbol donde posarte,
ni gallina ni pollitos para consolarte,
ni granos para llenarte la barriga,
ni sol para ahuyentar las sombras.
¿POR QUÉ, pero por qué sigues cantando?
Prométeme que pararás, ¡y te daré la libertad!

The next day, Don Pepe stumbled out
to the yard in his nightshirt. He tore away
the blanket and pleaded:
        "You have no tree to roost in,
no hen and chicks to comfort you,
no grain to fill your belly,
no sun to drive away the shadows.
WHY oh why are you still singing?
Promise to stop *and I will set you free!*"

Uno a uno, los vecinos comenzaron a congregarse en el patio de don Pepe.

—Canto por aquellos que no se atreven a cantar o que han olvidado cómo hacerlo —dijo el gallito—. Si tengo que cantar por ellos, señor, ¿cómo podría dejar de cantar?

—¿Y si te convierto en sopa? —tronó el alcalde—. ¡Supongo que cantarás hasta después de MUERTO!

One by one, a quiet crowd began to gather in Don Pepe's yard. "I sing for those who dare not sing — or have forgotten how," said the *gallito*. "If I must sing for them as well, señor, how can I keep from singing?"

"And if I have you made into a soup?" the mayor thundered. "I suppose you will still sing if you are DEAD?"

Todo el pueblo aguantó la respiración
y esperó la respuesta del gallito.

—Gallo muerto no canta —dijo.

—JA —alardeó don Pepe, seguro
de haber ganado.

The entire village held its breath waiting
for the *gallito's* reply.

"Dead roosters sing no songs," he said.

"HA!" crowed Don Pepe, sure he had won.

—Pero una canción es más poderosa que el canto de un gallito ruidoso, y más fuerte que un alcalde tirano —dijo el gallito—. Y mi canto vivirá mientras haya alguien que lo cante.

Y así fue.

"But a song is louder than one noisy little rooster and stronger than one bully of a mayor," said the *gallito*. "And it will never die — so long as there is someone to sing it."

And there was.

ADIOS

¡Quiquiriquí!

¡Quiquiriquí!

¡Quiquiriquí!

¡Quiquiriquí!

Kee-kee-ree-KEE!

Una vez más había un pueblo donde las calles resonaban con canciones desde el amanecer hasta el anochecer. Por eso el pueblo de La Paz era un lugar muy ruidoso. Y a todos les encantaba que fuera así.

Once again there was a village where the streets rang with song from morning till night.

This made for a very noisy place to live.

And that's just the way everyone liked it.

NOTA DE LA AUTORA

*Los gallos cantan al amanecer, también al
mediodía, al atardecer y en medio de la noche.
Los gallos, en fin, cantan cuando quieren,
y eso no se puede cambiar.*

*Al igual que los gallos, los niños nacen
con voces fuertes, honestas
e irreprimibles.*

*Luego, poco a poco, casi todos aprendemos a moderar
nuestras opiniones, a censurar lo que pensamos y
a acallar nuestra voz.*

Pero no todos.

*Siempre hay quienes se resisten a ser silenciados,
quienes cacarean su verdad sin importarles las
consecuencias.*

*Imprudentes o sabios, ellos son los que nos dan el
valor de volver a cantar.*

—Carmen Agra Deedy

AUTHOR'S NOTE

Roosters sing at sunrise; they also sing
at noon, sundown, and in the middle
of night. Roosters sing when they please,
and that's all there is to that.

Much like roosters, human children
are born with voices strong and true —
and irrepressible.

Then, bit by bit, most of us learn to
temper our opinions, censor our beliefs,
and quiet our voices.

But not all of us.

There are always those who resist being
silenced, who will crow out their truth,
without regard to consequence.

Foolhardy or wise, they are the ones
who give us the courage to sing.

—Carmen Agra Deedy

Kee-kee-ree-KEE!

Kee-kee-ree-KEE!

Kee-kee-ree-KEE!

KEE!

Kee-kee-ree-KEE!

Kee-kee-ree-KEE!

KEE!

Kee-kee-ree-K

Kee-kee-ree-KEE!

Kee-kee-ree-KEE!

Kee-kee-ree-KEE!

Kee-kee-ree-KEE!

Kee-kee-ree-KEE!

Kee-kee-ree-KEE!

Kee-kee-ree-KEE!

Kee-kee-ree-KEE!

Kee-kee-ree-KEE!

Kee-kee-ree-KEE!

Kee-kee-ree-KEE!

Kee-kee-ree-KEE!

Kee-kee-ree-

Kee-kee-ree-KEE!

KEE!

Kee-kee-ree-KEE!